句集　箱庭

野中ウサギ

風詠社

句集　箱庭

菜の花の夥し黄の不安かな

道草で鬼太郎に会うきんぽうげ

春の昼ピカソの女立つ駅舎

もののの芽のギロチン色に光りおり

それぞれのリュック背負い12の春

お利口な桜は嫌いペダル漕ぐ

早春のサーカス見たき孤独かな

いずれ出す絵ハガキ溜まり花の雨

修道女ついて行きたし春の暮

春泥になまあたたかき邪心埋めぬ

しゃあしゃあと嘘つくメール花曇

春雷も来よ我一人安吾抱く

黄砂来て狂犬眠る隣家かな

錆色の頭蓋骨洗う春の土手

また同じ月曜が来て梅のバカ

生意気な土筆を今朝は和えている

甘えない子の人形を抱く春の宵

春風にピクリと廻るカバの耳

水温むただなんとなく赤い下駄

隠れたき日の多かりて春女苑

きてれつな律っちゃんの九九花杏

「友だちでいよう」は嘘つき猫柳

飴色に煮詰まる日々の余寒かな

聖人の尖塔に立ち暮れかねる

風光るペリカンの棲む画材店

菜種梅雨何かが母を連れてゆく

なごり雪など降らぬ東京グッドバイ

福寿草たとえば母を返してよ

セルロイド悲しい音だ風車

オルガンを弾きたし天国の門開く

「白十字尿器」とあり生きよ父

夜桜の午前二時父引かれゆく

硬質の湯船に浮く父春の午後

きみどりのひよこが売られ春が逝く

見えすいた恋の顛末五月来る

からくりの如く人逝きて柿若葉

麦の秋ゴッホの耳を捜しおり

ちっぽけにグレて姫女苑踏み行く

密やかな堕胎の赤は草苺

魔物棲む水曜が来て枇杷を剥ぐ

吃音の五月泣き出す硝子皿

夏近しサーカス小屋でロバとなる

きりんほどかなしくなくて夏木立

六月のマンボウと会う狂気かな

道草で義眼失くした草いきれ

タチアオイ慇懃無礼に屹立す

青葉寒銅山にて絶叫す

失意なら恬淡として麻を着る

行きずりの堕天使の如きダリアかな

夕暮は断罪の青ぎやまんびいどろ

炎天の子規記念館横臥せり

時のないジャンジャン横丁蝉時雨

緑陰の如きレースの服欲しや

ぬかるみの玉川上水額の花

会う人の踏み絵のごとき帰省かな

蝉時雨時給六百五十円

くるくると太陽かわしダンスダンス

からからと笑う日もあるラムネ買う

稲妻をあつめて子らとはしゃぎおり

炎昼をバルドーが行く thisway

ゆるやかに遠くなる母茄子の花

この家のまたこの夏の百日紅

割礼の如き夕陽の海に立つ

沙羅の花自決の朝のキッチンの

下闇の格子病棟聖イエス

群青は罪の色です切子買う

イーゼルを運ぶ暗緑の夏館

空っぽの門番八月の工場群

みどりごの口蓋深く蝉時雨

夏野には君がいてまた泣きに来る

常夏の服着て麻酔打ちに行く

氷菓落ちみんなかなしい夏の暮

ポパイ住むペンキ塗りたて海の家

土星らしき麦わら帽残りサラウ

遠雷や天地創造見えてくる

裏切りの如きノウゼンカヅラ這う

空洞となる人食らう朝のパセリ

びいどろを吹いても暮れぬ二年坂

かんぱちのアンタが悪いと夕暮れる

でれでれと繕う言葉蜥蜴這う

日盛の墓地ゆらゆらと踊るサロメ

ヒマワリの続く土手もう後がない

炎昼や油屋葬儀社黙りける

静けさの柩の如き夏の朝

こんな日は狂う狂うと髪洗う

日盛ややすやすとそこに死はある

磨滅する水平線よ夏の重さ

そうやってみんな終わってく夏帽子

悲しみが球体となる今朝の秋

「くじけないで」なんて買わないロリポップ

発電所より迂回して来る秋の川

平凡に地団駄踏んでそばの花

秋日和電線にいる尾崎豊

駄々っ子の父のチューブ風の秋

カンナ燃ゆ北病棟にて神を問う

コスモスの八千本は悲しけれ

木犀の如き偽善の真昼かな

廃校の鉄棒高き島の秋

木犀の惑わす午後の調律師

秋冷のユダがひくひく動く朝

秋高し歳月の棲む軍艦島

母笑う遺影撮影今朝の秋

朴の葉のこそと落ちゆく砂時計

やわらかき鹿を射て秋にひれ伏す

屈辱の夜はペランペランに月を削ぐ

脳髄にブロム溶け出す柘榴かな

病む九月ヴェニスと思う水路あり

魔女となり無花果さらう市場かな

肉質の後悔のありカンナ燃ゆ

恍惚の死探すベッキオ橋遠く

―フィレンツェ「ウフィツィ美術館」にて―

薬局に「死ぬほどの疲労」秋暑し

男娼の如きアケビ喰らう庭

秋空に謝罪してツンと酸っぱい

秋立つやアリスの穴に木戸を置く

幸福を焼こうと思う生姜パン

立ち上がる日のいちめんに草の花

髪を切った芒野を駆ける為に

キッチンに赤い臓物時雨だす

父眠り母眠り山眠る朝

ウサギ小屋開けたのだあれ冬の匂い

大寒やタヒチの女居座れり

陽だまりを残し耕運機売られゆく

短日の文庫一つの重さかな

綺麗かと母が問う東京の雪

糧となる悲しみもある雪の華

夜具染める惨劇の恋雪女郎

鮟鱇の煮えトランプは沸騰す

なけなしの勇気の如き師走来る

日記買う人盗み見る紀伊國屋

誰もかも憎し行き違う成人日

冬枯れの安田講堂ひとりぼっち

記憶とは冬の回廊銀の鍵

雪女狂わす男いて煮ゆる

ＡＩの蜂起する危機冬の蝶

着膨れて待つ人のいて都庁かな

君に嘘をついた冬苺赤い赤い

朝寒し黒い口開く蔵の窓

尼僧来る文具屋ありて冬日入る

骨壺の如き皿買う冬の果

青ざめた河童が来て言う「春」と

野中ウサギ

1957年　高知県生まれ
1989年　俳句を作りはじめる
1991年　市民句会参加
2003年　「青玄」に投句はじめる
2004年　森武司氏主宰「球」に創刊号より参加
現在に至る

句集 箱庭

2020年8月20日　第1刷発行

著　者　野中ウサギ
発行人　大杉　剛
発行所　株式会社 風詠社
〒553-0001　大阪市福島区海老江5-2-2
大拓ビル5-7階
TEL 06（6136）8657　https://fueisha.com/
発売元　株式会社 星雲社
（共同出版社・流通責任出版社）
〒112-0005　東京都文京区水道1-3-30
TEL 03（3868）3275
装幀　2DAY
印刷・製本　小野高速印刷株式会社

ISBN978-4-434-27834-1 C0092